이홍도 자서전(나의 극작 인생)

이홍도

이홍도

1992년 출생. 중심과 주변, 주류와 비주류, 진짜와
가짜 등의 키워드로 텍스트 중심 연극을 작업해왔다.
〈컬럼비아대 기숙사 베란다에서 뛰어내린 동양인
임산부와 현장에서 도주한 동양인 남성에 대한
뉴욕타임즈의 지나치게 짧은 보도기사〉로 본격적인
활동을 시작하였으며 〈미국연극/서울합창〉,
〈이홍도 자서전(나의 극작 인생)〉, 〈2032 엔젤스 인
아메리카〉, 〈아직 연극이 있던 시절에 대한 소문들
또는 변신 이후의 극장〉 등을 썼다.
2018 서울국제공연예술제(SPAF) 젊은 비평가상
가작(공동 수상), 2020 한국일보 신춘문예 희곡 당선.

일러두기

〈이홍도 자서전(나의 극작 인생)〉은 한국문화예술위원회 한국예술창작
아카데미 연극-극작 연구생으로 지원받아 집필한 대본이며,
차세대 열전 2020!을 통해 아르코예술극장 소극장에서 낭독공연을
선보인 바 있다. 이 출간본은 무대화 당시 공연 대본을 토대로 하며,
초연을 앞두고 출연진 및 연출자와 테이블워크를 통해 수정 과정을
거친 텍스트임을 밝힌다. 〈이홍도 자서전(나의 극작 인생)〉은
신촌문화발전소 오드아이프로젝트의 일환으로 2021년 6월 4일부터
6월 12일까지 신촌문화발전소에서 초연되었다. 제20회 서울변방연극제
〈2032 엔젤스 인 아메리카〉는 2021년 7월 1일부터 7월 2일까지 같은
극장에서 올라갔다. 두 공연의 출연진 및 제작진 크레디트는 다음과 같다.

출연	권형준 김정화 박종현
작가	이홍도
연출	송이원
무대	김재란
조명	서가영
음향	목소
영상	손영규
조연출	오휘민
오퍼레이팅	김주슬기
기획	이선민

차례

등장인물

배우A/텍스트
배우B/작가
배우C/안필
신인 극작가
에드워드 올비
테네시 윌리엄스
심사위원장
토니 쿠시너
장 주네
장 콕토
변호사
개관작 당선자
로펌 직원
상담실 남자

무대화를 위하여

/를 기준으로 앞과 뒤에 위치한 텍스트들은 연달아 발화될 수 있다.
–는 말줄임표다. 「」안에 있는 텍스트는 '말 또는 글'이라고 불리며
어떤 종류의 언어/비언어 활동(말하기, 듣기, 읽기, 쓰기와 그 밖의
의사전달 행위를 포함)으로도 모두 표현 가능하다. 그 밖의 문장부호는
개의치 않아도 좋다. 무시해도 무방하다. 인물들 또한 점차 서로 간의
경계가 흐려졌다, 선명해졌다 반복하는, 구분이 모호한 일인다역의
존재들, 그런 인물(들).

「극 중 인물과 설정은 극적 상상력을 기반으로 재창조된 것들이 아니라 오직 실제 사실만을 바탕으로 하고 있다.」

이홍도, 『이홍도 자서전(나의 극작 인생)』,

이음, 2055, 7쪽 인용.

(프롤로그 혹은
에필로그)

배우B/작가

아직 시작 안 했는데.

신인 극작가

예?

배우B/작가

시작 안 했는데 누구?

신인 극작가

저, 신인-

배우B/작가

이따 나오세요. 나중에.

신인 극작가

나중에, 언제요?

배우B/작가

조명 들어오면. 텅 빈 무대. 내 머릿속이기도 하고. 텅 비었어. 뭐 고갈됐다고 하잖아?

「상상력」

배우B/작가

(겨우 떠올리며)

상상력. 상상력 고갈. 봐, 내가 이래. 이런데 뭘 쓰겠어?

배우A/텍스트

2055년.

배우B/작가

그래도 여기 와, 사람들이. 내 생각 속으로. 특히
젊은 친구들. 있잖아, 연극 시작한 지 얼마 안 된.
왜냐면 내가 그게 있어. 그게, 그건데. 단어가, 아우,
입에서 맴맴 도네. 그런 거 있잖아.

신인 극작가

신인 극작가.

배우B/작가

아무튼 내가 뭐랄까, 이름이 있다고 해야 되나,
그런 쪽으로.

신인 극작가

작가님.

배우B/작가

누구?

신인 극작가

작가님 맞으시죠?

배우B/작가

누구시더라?

신인 극작가

한국일보 등단잡니다. 이번에요. 저도 퀴어 연극을
해보려는데.

배우A/텍스트

2055년.

신인 극작가

저, 극작가 선생님 맞으시죠?

배우B/작가

예.

신인 극작가

정말요?

(돌변하여)

다 늙어가지고. 후배들 생각도 해야지.

배우B/작가

예?

신인 극작가

그만 좀 죽어주셔야겠어.

「악명」

배우B/작가

아, 맞다. 악명.

신인 극작가

죽어.

배우B/작가

(장면 일시정지)

그래, 악명이라 하잖아. 이런 거. 내가 악명이 높아.
줄 섰어. 다 후배들이야, 후배 작가들. 나 죽이려고 아주.

배우A/텍스트

그렇다면 여기서 한 가지.

신인 극작가

2055년의 나는 어쩌다 악명 높은 작가가 된 것인가.

어쩌다 살해당하길 두려워하며 스스로를 가둔 것인가.

배우B/작가

설명하려면 자서전 한 권 써야 돼.

배우A/텍스트

/자서전,

신인 극작가

/자서전.

배우B/작가

/자서전 한 권 써야지. 뭐부터 나와야 되나?

　　(낮은 소리로)

　　둘, 셋.

모두 다 함께

(출연진과 스텝진 전체가 입을 모아)

나의 극작 인생!

　　「나의 극작 인생」

배우B/작가

그거부터 해볼까? 처음 작가 됐을 때 얘기.

신인 극작가

2020년.

배우B/작가

스물 몇 살 때였을걸. 아마 그땐가?
에드워드 올비 만났을 때.

배우A/텍스트

2020년,

배우B/작가

그때 작가 됐을 거야.

에드워드 올비

여하튼,

배우A/텍스트

하여튼,

배우B/작가

아무튼,

1장

¶ 2020년

먼 곳에서 열차가 도착하는 소리.

> 「기존 연극사: 에드워드 올비는 1928년 미국 버지니아주에서
> 태어났다고 알려져 있으며, 생후 두 주 만에 입양되었다.
> 성인이 되어 양부모와 결별 후 극작가로 자수성가했고,
> 미국 부조리극의 선구자로 자리 매김하여 일생 동안
> 오프브로드웨이 운동을 이끌었다. 토니상, 퓰리처상 등 수상.」

에드워드 올비
에드워드 올비.

배우A/텍스트
죽은 극작가.

배우B/작가
이게 벌써 30년 전인가. 뭐 잘 기억도 안 나.

에드워드 올비
자네 누구지?

배우B/작가
글 쓰는 거나 알려줘. 시간 없으니까.

에드워드 올비

다짜고짜-

배우B/작가

/아니, 자꾸 그러면 러닝타임 늘어. 가르쳐줘,
퀴어 작가잖아.

에드워드 올비

뭐?

배우B/작가

〈키 큰 세 여자〉, 〈염소 혹은 실비아〉,
전부 자전 서사잖아. 아들래미 죄다 게이고.

에드워드 올비

너 누구야?

배우B/작가

자전 서사 맞아? 아니야?

에드워드 올비

그건 작품이잖아.

배우B/작가

에, 아닌 척. 평생 퀴어 얘기 적어놓고.

에드워드 올비

무슨-

배우B/작가

/연극사 책에도 적혀 있어.

에드워드 올비

난 떠들고 다닌 적 없어. 밝힌 적도 없는데.
나 죽었을 때도 그러더니. 그걸 다 까발리고 말이야.
별의별 단체에서 추모를 한답시고.

배우B/작가

근데-

에드워드 올비

/내가 그러다 죽었어? 무슨 돌에 맞아서 죽었나,
퍼레이드에 나갔다가? 총에 맞았어, 커밍아웃을 했다가?
아니, 당뇨로 죽은 거잖아. 여든여덟 살에. 근데 무슨
추모를 해? 내가 정치를 했어? 인권운동가야?

배우B/작가

퀴어 얘기만 하네. 지금도 계속.

에드워드 올비

내 입으로 얘기하는 건 괜찮아.

배우B/작가

별로 안 숨기는 거 같은데.

에드워드 올비

남들이 떠벌리면 안 되지. 내가 얼마나 시달린 줄 알아?
브로드웨이 데뷔 때부터 그랬어. 그때 말이야,
〈누가 버지니아 울프를 두려워하랴?〉 올렸을 때.
그게 이성애자인 척하는 호모들 얘기라고. 다 수군댔어.
평론가, 기자, 관객 할 거 없이. 그러다 사달이 났지.
그 작품 퓰리처상을 줬다가 뺏더라고. 위원회에서
수상을 취소시켰어. 심사위원들 다 사퇴하면서 항의해도.
그 후에 말이야. 시대가 바뀌고, 퓰리처를 탔는데,
한 번 타고, 두 번 타고, 세 번을 탔지, 근데 한 번도
기뻤던 적이 없어. 왜냐? 〈버지니아 울프〉는 보편적인
삶을 누락했으니까. 수상작이 못되니까, 영원히.

배우B/작가

좀 해봐, 어떻게.

배속하여 앞으로 빠르게 감다가 정지.

배우A/텍스트

작가 된 건 에드워드 올비 만났을 때.

에드워드 올비

진짜 작가는 유일한 작가야. 무슨 말인지 알아?
너만 살아야 한다고. 니 위엣 놈들을 웃는 얼굴로
다 죽여야 돼. 나도 그랬어.

배우B/작가

죽인다는 게?

에드워드 올비

죽인다고.

배우B/작가

어떤?

에드워드 올비

죽이는 거지. 알려줄 테니까. 엄한 데 써먹지 말고. 잘 봐.
(하려다가)
선배 작가 죽이는 방법, 봐.

(하려다가)

이거밖에 없어-

배우B/작가

/아니, 뭐길래.

에드워드 올비

잘 봐. 이거야.

(당수치기를 선보이며)

살불살조, 살부살모.

「작법 전수」

에드워드 올비

(사이)

너도 해봐.

배우B/작가

뭔데?

에드워드 올비

이게 바로 유진 오닐과 손톤 와일더를 죽인 기술이야.

너보다 후배한텐 안 먹히고, 선배한테만 돼. 손 올려봐.

어서. 손날로 쳐야 돼, 손날로.

배우B/작가

(자세 잡으며)

이렇게?

에드워드 올비

어깨 들지 말고, 허리랑 손목 회전으로. 어깨 힘 빼,
어깨 힘. 원래 다 이렇게 자리 잡는 거야. 선배 작가
죽이고. 카피하지 말고 훔쳐. 빌려오지 말고 뺏어와.
베끼지 말라고. 원전과 출처를 지워버려. 그리고
니가 그 작품세계를 통째로 집어삼켜야 해.

배우B/작가

그걸 어떻게-

에드워드 올비

작가를 죽여 없애. 그러면 글 쓰는 능력이 니 게 돼.
그 작가 스타일이, 문체가.

(자세를 고쳐주며)

할 때 소리도 내면서.

배우B/작가

살룰살로, 살루살모.

에드워드 올비

살룰살로거리고 있네. 언제 다 죽이냐. 그래 가지고.

배우B/작가

(방향 틀어)

살불살조-,

에드워드 올비

그래, 그거야!

배우B/작가

(당수치기를 하며)

살부살모.

배우A/텍스트

'에드워드 올비'는 당수를 맞고,

에드워드 올비

죽어서 바닥에 뻗는다.

「극작 능력 상승!(+1)」

「연극사 정정: 에드워드 올비는 1928년 미국 버지니아주에서
태어났다고 알려져 있으며, (퀴어) 작가로 자수성기했다.
(자신의 정체성을 숨기려 애썼던 한편) 미국 부조리극의

선구자로 (퀴어 인물이 등장하는 희곡들을 통해)
토니상, 퓰리처상 등 수상.」

배우B/작가

되고 난리. 진짜 된 거야. 선생님? 선생님?

에드워드 올비

죽었어, 인마.

배우B/작가

그렇게 내가 받은 거야, 에드워드 올비 극작법.

배우A/텍스트

극작법 주고,

배우B/작가

극작법 받고,

에드워드 올비

극작법 뺏기고.

배우B/작가

그러자마자,

배우A/텍스트

2020년.

에드워드 올비

한국일보 신춘문예 당선.

배우B/작가

그래, 이거지. 퀴어 작가 나왔다 이거야.
극작가 이제 니들 다 죽었어.

에드워드 올비

아이고, 죽겠네.

배우B/작가

죽으시면 돼요.

배우A/텍스트

죽은 거야, 죽은 거.

배우B/작가

어디 헤테로들이 말이야. 남의 껄 탐내. 내 밥그릇인데.

배우A/텍스트

2020년.

배우B/작가

이제 내가 접수한다. 퀴어 연극의 유구한 상징 자본,
다 내꺼야. 내가 침 다 발라놨어. 퉤퉤.

배우A/텍스트

하지만,

에드워드 올비

여하튼,

배우B/작가

하여튼,

배우A/텍스트

아무튼,

2장

¶ 2030년

「이 좌담회 자리를 빌어 제가 말하고 싶은 건, 당사자가
배제된 퀴어 연극은 결국 프릭쇼, 퀴어 서커스에 지나지
않는단 겁니다. 그런 작품은 결국 관객에 맞춰질 수밖에
없습니다. 하나의 컨텐츠나 문화 코드를 구매하고 소비하는
대상으로서 관객들의 입맛에 맞춰집니다. 소재화되고요.
그게 누적되면 게토화가 일어나는 거죠. 특정한 패턴으로
만들어지고, 또 소비되고, 그것만 반복하는. 물론 이런
방식이라도, 대중화랄지 소비자 지향을 통해서라도 퀴어
소재가 사용되길 바라는 분들도 있겠죠. 근데 프릭쇼도
똑같았어요. 프릭쇼 출연해서 부와 명예를 얻는, 그런
사람들도 있었던 거죠. 하지만 그건 그런 시스템, 체계가
그 방법밖에 없게 만든 거라 생각합니다. 이게 2020년대가
가졌던 본질적인 한계고요.」

연도가 어느새 2020년으로 바뀌어 있다.
'배우B/작가'는 밀어서 잠금 해제,
2020년을 다시 2030년으로 바꾼다.

「때문에 2030년대의 과제는 여전히 여기 있는 것 같습니다.
결과는 둘 중 하나겠죠. 소수자 예술이 소수자라는
카테고리를 넘어서느냐, 그렇지 않느냐.」

배우A/텍스트

2030년.

배우B/작가

좌담회 끝나고 한참 걸었어. 걸으면서 생각했지.
나는 사기꾼 쓰레기라고. 아무말 하는 허언증 쓰레기.
이런 데나 불려 다니고. 똑같은 소리 하고 또 해.
작가 되고 10년 내내.

배우A/텍스트

2030년.

배우B/작가

어디서부터 잘못된 거야 이거. 내가 물어나 보자.
테네시 윌리엄스 컴온.

배우A/텍스트

테네시 윌리엄스.

먼 곳에서 열차가 도착하는 소리.

「기존 연극사: 테네시 윌리엄스는 1911년 미국
미시시피주에서 태어났다. 무명 시절 동안 여러 지업을
전전하며 떠돌아다녔고 34세의 나이로 〈유리동물원〉을

올리고 난 뒤에야 주목받기 시작했다. 〈욕망이란 이름의
전차〉, 〈뜨거운 지붕 위 고양이〉로 풀리처상,
뉴욕극비평가상 등 수상.」

배우B/작가

퀴어 연극 왜 이렇게 된 거 같아?

테네시 윌리엄스

왜 나한테 그래?

배우B/작가

작가 생활 어떻게 했길래 이래?

테네시 윌리엄스

술 마셨지.

배우B/작가

아니, 작품 쓸 때-

테네시 윌리엄스

/술 마셨어.

배우B/작가

술 먹는 거 말고.

테네시 윌리엄스

대사가 이거밖에 없어.

배우B/작가

술 마시다 죽어놓고.

테네시 윌리엄스

누가? 내가?

배우B/작가

코르크 마개 목에 걸려서.

테네시 윌리엄스

아, 그건 목에 걸려서 죽은 거지. 술 마시다
죽은 게 아니고.

배우B/작가

에이, 취했으니까 먹었겠지. 안 취했는데 맨 정신에?

테네시 윌리엄스

아니, 그걸 먹은 게 아니고, 목에 걸려서, 숨 막혀서
죽은 거라니까.

배우B/작가

그게 왜 목에 걸려. 왜 삼킨 건데?

테네시 윌리엄스

아니, 삼킨 게 아니라, 목에 걸려서 죽었다고.
삼켰으면 소화가 됐거나 다음 날 아침에 찾았겠지.

배우B/작가

말이 안 통하네. 그걸 왜 입에 넣어?

테네시 윌리엄스

원래 작품이란 게 무의식 저변에서, 밑바닥에서-
몰라, 그냥 마셔.

배우B/작가

술 안 먹는다고. 불면증 땜에 알콜 안 좋아.

테네시 윌리엄스

그럼 약을 하든지.

배우B/작가

미쳤나봐.

테네시 윌리엄스

졸피뎀이나 자낙스 같은 거 먹어.

아니면 다른 거 몇 알 줘?

   (건네며)

   자. 퀴어 연극 화이팅.

배우B/작가

이게 증거다. 마약 신고는 검찰청 1301,

테네시 윌리엄스

경찰청 112. 사이렌 소리와 불빛 들어오면.

배우B/작가

너 때문이란 생각 안 해? 퀴어 서사 이 꼴 난 거.

테네시 윌리엄스

무슨 내 탓을.

배우B/작가

퀴어 인물 나왔다 하면 죽고 죽이고 알콜 중독에
조울증이고.

테네시 윌리엄스

아니, 인물들 그런 건, 원래 작가란 게 평생 자기 얘기-

배우B/작가

/다 자기연민에 빠져 있고. 후배들 생각도 좀 했어야지.

테네시 윌리엄스

내 얘기라고. 내가 내 얘기도 못 적으면.

배우B/작가

(당수치기를 하며)
말이 길어.

테네시 윌리엄스

혐오 범죄야.

배우C/안필

'테네시 윌리엄스'는 당수를 맞고,

테네시 윌리엄스

죽어서 바닥에 뻗는다.

「극작 능력 상승!(+1)」

「연극사 정정: 테네시 윌리엄스는 1911년 미국
미시시피주에서 태어났다. 34세의 나이로 〈유리동물원〉을
올리고 난 뒤에야 주목받기 시작했다. (퀴어 인물이 파멸하고
망가져 몰락하는 서사적 원형을 제시한) 〈욕망이란 이름의

전차〉, 〈뜨거운 지붕 위 고양이〉로 퓰리처상,
뉴욕극비평가상 등 수상.」

배우B/작가

지인들 연락이 오기 시작한 건 그때였어.

배우A/텍스트

지인들의 메시지.

배우B/작가

내 공연에 출연할 배우가 인터뷰에서 이상한
얘길 했다고.

배우C/안필

배우 안필.

배우B/작가

난리 났다고.

배우C/안필

저는 제가 게이가 아닐까 싶은데요. 근데
남자와 자진 않아요.[1]

배우B/작가

뭔 소리야?

배우C/안필

그러니까, 이런 거죠.

배우A/텍스트

지인들이 퍼와서 보여줍니다.

(읽으며)

제가 아는 한,

배우C/안필

전 게이는 아니에요. 그러니까 제 말은,

배우A/텍스트

(읽으며)

하지만 어떤 경험이나 남성과의 관계에 대해서도
열려 있다고 생각해요. 그러니까 어쩌면-

배우C/안필

/그러니까 어쩌면,

배우A/텍스트

(읽으며)

언젠가 제가 게이란 걸 알게 될 수도 있을 거 같아요.
그리고 그건 엄청 멋진 일-

배우C/안필

/엄청 멋진 일,

배우A/텍스트

(읽으며)

엄청 멋진 일이라고 생각합니다.

배우B/작가

미친 거 아냐?

배우C/안필

아니에요. 아직 한참 멀었죠. 감사합니다.

배우A/텍스트

몰랐네. 게이였어?

배우B/작가

무슨 소리야, 쟤 헤테로지. 완전히 이성애긴데?

배우A/텍스트

아닌 거 같은데. 잘못 안 거 아냐?

배우B/작가

인물 전사가 그래.

배우A/텍스트

설정이 이상하네.

배우B/작가

왜 개막 앞두고 하필 그러는 거야.

배우A/텍스트

갑자기 마음먹은 걸 수도 있지. 기회가 없다가.

배우B/작가

아니라니까. 그런들 밝혀서 어쩌란 거야?
공연 홍보용 커밍아웃이야?

배우A/텍스트

그럼 어때. 좋지, 뭐.

배우B/작가

아니, 그게 뭐야, 애초에 게이가 아닌데.

배우A/텍스트

나름 용기내서 했겠지.

배우B/작가

안 되는데, 공연에 영향 가면.

배우C/안필

여하튼,

배우A/텍스트

하여튼,

배우B/작가

아무튼,

배우A/텍스트

영향 받을 거 다 받고, 올라가는 공연. 지금부터
보게 될 건 연극의 마지막 장면.

배우C/안필

배우 안필, 공연 중.

배우B/작가

마지막 장면은 제발.

배우C/안필

(문어투로)

이제 모든 게 다 제자리로 돌아갔구나. 바로 그
순간이었습니다. 주위를 둘러보는 바로 그때. 저는
찔렸습니다, 삶이라는 흉기를 든, 인생이란 놈에게.
죽지 않기 위한 발버둥. 그리고 피, 피, 피. 허나
관객들이여, 이 상황에서도 떠오르는 글감들, 쓸 거리들.
머릿속이 생각으로 가득 채워지고, 그렇게 삶이 벅차고,
막 가슴은 뜨겁고, 눈물 곧 터져나올 것만 같을 때,
저는 얼른 글쓰기를 시작합니다. 그런데 자판만 두드리기
시작하면, 삶은 쪼그라들고, 가슴은 먹먹하고, 눈물은
역하고 감상적이고 썩어서 악취가 진동합니다.
아아, 이 끔찍한 글의 저자여, 날 보고 이걸 고치라니.
나한테 무슨 원수를 졌나. 신명조로 된 똥을, 11포인트
크기의 똥을, 줄간격 160%로 이쁘게 나란히 써놓은
한 무더기…. 한탄 속 터져 나오는 혼잣말. 내 생각들은
하찮고 뻔하구나. 억지로 꾸미고 보탠들, 종국에
실패하지 않는 것이 있을까? 오늘도 중얼거리고
말았구나. 텍스트로, 생각이 아니라 그저 표현으로….
하지만 잠깐, 이게 다 뭡니까, 잠깐만요. 이토록
허약한 생의 변증법이라니. 글쓰기가 다 무슨
소용이냐고요. 이렇게 죽어가고 있는데. 인생이란 놈의
권모술수에 빠져. 늘 이런 식이에요. 저한테 최선은
없었죠. 선택도요. 늘 좋은 소식 그리고 나쁜 소식. 좋은

건 최악은 피했단 거. 나쁜 건 최악만 피했단 거. 실상
이것은 같은 말의 다른 판본. 그러니까 항상 차악으로
가는 거죠. 가장 나쁜 걸 피해서, 살짝 덜 나쁜 걸로
가는. 이게 선택인가요? 파국 직전 약간의 우회.
제 인생은 이 짓의 반복이었다구요. 말하자면 이번 생은
저한테 차악만 선택해서 채워본 결과죠. 그 가운데
남은 것은 강박적인 글쓰기, 글쓰기라는 강박뿐,
오직 그뿐. 글쓰기는 제게 외칩니다. 너한테 필요한 건
널 살리는 거야. 너 자신을 발명하라고. 니가 살지
못했던 너를. 또 글쓰기는 제게 외칩니다. 안 보여?
저기 웃고 떠드는 가짜들? 다 갖다 붙여. 말도 안 되는
말, 문장도 안 되는 문장. 그 가짜들로 보여달라고.
티끌만한 진실이라도, 진짜를. 글쓰기는 제게 외칩니다.
선택은 애초에 없는 거야. 그게 니가 할 수 있는 전부고,
해야 하는 전부니까. 스쳐가는 장면들. 그 가운데
깨닫습니다. 아 작가가 된 것도 그렇구나. 차악이었지.
최악을 피하기 위해서. 삶이라는 칼이 등에 박힌 채,
그렇게 의식은 흐려져 가는데. 그 와중에도 인생이란
놈은 이렇게 말합니다. 내일 또 올게, 안녕. 그리고
놈은 사라집니다, 본 척도 하지 않고. 이렇게 죽어가는데,
잘 가, 그래 안녕, 내일 보자, 라는 인사도 못 한 채.
삶이라는 칼이 등에 박힌 채 이렇게….

배우B/작가

음악 커져가고, 조명 페이드아웃. 그리고 텍스트로
가득 차는 무대. 내용은 작가의 사후 평가 같은 거야.

「아닌 척 했지만 사실 일생 동안 주류사회에 편입되길
갈망했던 소수자. 그의 작품세계는 동시대적 필요성에 의해
언급되었고, 주로 퀴어 연극이라는 카테고리에서 소비된
바 있다. 애초에 그런 맥락에서 호명되어 나왔기에. 하지만
정치적 올바름이란 구호가 없었으면 누가 쳐다봤을까.
지극히 마이너한 정서, 특히 누구도 공감할 수 없는 유머
감각은 극작가로서 극복할 수 없는 치명적인 결점이었다.
본인은 재밌다고 적어놨는데, 연습실에서도 안 웃어주는
대사들. 현저히 떨어지는 보편성, 일반관객과의 유리현상.
오늘도 저예산, 오늘도 소규모. 관객 대신 평론가로만
객석점유율 93.33 퍼센트. 그것도 전부 다 모니터링석 제공.
그래놓고 끝나면 다 같이 악평, 혹평. 한국 극작가
다 나가죽어. 공연은 역시 번역극이 최고. 그래서 결국
나가죽었습니다. 끝.」

배우B/작가

이걸로 막을 내리는 거지.

배우C/안필

수고하셨습니다.[2]

(전화 받으며)

어, 망했어.

배우B/작가

커튼콜 끝나자마자 바로 백스테이지에 갔어.

배우C/안필

(전화 끊으며)

잠깐만.

배우B/작가

(문 밖에서)

배우님.

배우C/안필

아, 예, 작가님.

배우B/작가

(문 밖에서)

들어가도 될까요?

배우C/안필

예, 들어오세요!

배우B/작가

(문을 열며)

들어갈게요.

　　(엄지손가락 치켜세우며)

　　연기가-

배우C/안필

/(엄지손가락을 치켜세우며)

글이-

배우B/작가

정말.

배우C/안필

작가님, 사람들 뭐라 그래요?

배우B/작가

말했어. 모르겠다. 공연 후기 검색해 봐야-

배우C/안필

작가님은 어떠셨어요?

「이게 왜 퀴어 연극인지 도대체 알 수 없다」「자기도취」

「자기복제」「동어반복」「대사가 구한말 말투 같아요」

「일기 써봤나」「설득력 부족」「음악은 좋네요」「불친절」

「관념적」「위악적」「전반적으로 투머치」「난해함」「난잡함」

「애매함」「그래서 어쩌라고」「임팩트 없고 지루하다」

「수준이 의심스럽다」「욕심 과했다」「실망스럽다」

「정리와 절제 필요」「배우도 못 살린다」「배우가 아깝다」

「기-승-전-자폭」「2020년대로 퇴보한 연극」

「정치적 올바름이 만든 괴작」

배우A/텍스트

여하튼,

배우C/안필

하여튼,

배우B/작가

아무튼,

배우A/텍스트

그리고 몇 달 뒤, 망한 공연이 모두의 기억 속에서.
잊혀져갈 무렵.

배우C/안필

(기계적으로)

맛보고 가세요. 만듀♪만듀만듀♬만♪듀. 자, 드셔보세요.

만듀♪만듀만듀♬만….

(전화 받으며)

여보세요? 예, 맞는데요. 정말요? 감사합니다.

감사합니다.

(앞치마를 벗어던지며)

일산이요? 경기도 일산? 네, 알겠습니다, 네.

(만두를 가리키며)

이거 다 드세요, 구워 논 거. 예,

다 드셔도 돼요.

배우B/작가

귀가해서 저녁 준비를 하던 중이었어.

TV를 틀었는데 바로 그때.

배우C/안필

왜냐면 저는 제가 후보에 오른 다른 동료들보다

낫다고 생각하지 않기 때문입니다. 그런데 다른 동료들이

아닌 제가 상을 받는다면 그건 제가 아무래도-

(뭔가 이상한 소리 같아서)

아니, 이 얘길 하려던 건 아니고.

적어온 걸 읽겠습니다.

(종이를 꺼내며)

연극이 없었다면 제 인생은 어땠을까

생각해봅니다. 한 편의 연극을 올리기 앞서

우리 모두는 각자가 서로 다른 생각을 가진 것
같지만, 제가 보기엔 하나 공통점이 있습니다.

(페이지를 잘못 넘겨)

편협함과 혐오와 배제…. 아,

한 페이지가 통째로–

(페이지를 넘겨)

하나 공통점이 있습니다. 무엇에 대한
연극이든, 인간의 존엄과 권리에 기여하고
있단 점입니다. 이 때문에 저는 특별히
이 자리에서 LGBT+ 커뮤니티의 정신을
기리고 지지와 응원을 전하고자 합니다.
LGBT+ 커뮤니티는 억압에 맞서

(페이지를 넘겨)

편협함과 혐오와 배제를 반대해왔습니다.
그래서 저는 이 상의 영광을, 인간의
존엄과 권리를 위해 싸워나간 그런 분들께
바치고자 합니다.[3]

심사위원장

심사위원장.

배우C/안필

감사합니다.

심사위원장

네, 인상 깊은 수상소감이었습니다. 신인연기상을 수상한
안필 배우는 연극 〈이홍도 자서전(나의 극작 인생)〉을
통해 강렬한 연기와 무대장악력을 보여주었는데요.
지금까지 퀴어 주체를 표현하기 위해 드러냈던 진지한
관행들을 거부하면서도 새로운 퀴어 정치학을 보여주는
연기였다고 평가받았습니다. 다음은 바로 특별상입니다.
특별상은 단일 후보작인 관계로 바로 진행하도록
하겠습니다. 제7회 중앙연극상 특별상, 수상은 연극
〈엔젤스 인 아메리카〉. 축하합니다. 거의 40년 전 초연된
작품이고, 국내의 경우 10년 전부터 국립극단에서
공연했지만 여전히 시의적절한 메시지로 평가받는데요.

배우B/작가

여전히 시의적절?

현재의 공연이 올라가고 있는 실제 연도가 뜬다.
'배우B/작가'는 밀어서 잠금 해제,
연도를 다시 2030년으로 바꾼다.

심사위원장

국립극단이 제작한 연극 〈엔젤스 인 아메리카〉는
1980년대의 퀴어 커뮤니티 붕괴를 배경으로 하지만,

배우B/작가

1980년대면-

심사위원장

/여전히 지금 현재 우리가 당면한 문제를
다루고 있다고 언급되었습니다.

배우B/작가

50년 전이잖아, 50년 전.

심사위원장

또한 2020년대 퀴어 연극의 분기점이 되어 큰 영향을
끼쳤다는 평가로 그 공로를 인정받아 특별상으로
시상대에 오르게 됐습니다. 큰 박수로 맞아주시기
바랍니다.

배우B/작가

망연자실,

심사위원장

두 수상 장면을 본 '배우B/작가',

배우B/작가

넋이 나가버릴 지경. 50년 전 얘긴데 '퀴'자만 나오면

동시대적이래. 연극판이 말세야, 말세.

심사위원장

2030년.

배우B/작가

안 되겠다. 토니 쿠시너 나와 봐.

토니 쿠시너

토니 쿠시너.

먼 곳에서 열차가 도착하는 소리.

「기존 연극사: 토니 쿠시너는 1956년 뉴욕 맨해튼에서
태어났다. 작가라는 존재는 정치적으로 계속해서 논쟁해야
한다고 주장했고, 그 자신도 사회주의자, 유대인, 게이,
비건으로서 사회적 발언을 서슴지 않았다. 대표작 〈엔젤스
인 아메리카〉로 퓰리처상, 토니상, 드라마데스크상,
이브닝스탠다드상, 뉴욕비평가상 등 수상.」

토니 쿠시너

(당수를 때리려 하자 제지하며)

잠깐만, 나오자마자 뭐하는 거야? 부관참시도
정도가 있지. 죽은 극작가 하나하나 다 불러서.

난 아직 죽지도 않았는데.

배우B/작가

상관없어.

    (다시 당수를 때리려)

    이제 죽을 거니까.

토니 쿠시너

기다렷.

    (막은 뒤)

    좋은 대사네. 근데 나 건들면

    유대인 차별인 건 알지?

배우B/작가

됐고. 얘기 좀 해봐, 나온 김에,

〈엔젤스 인 아메리카〉 얘기. 국립극단이

자꾸 올리잖아. 이번에도 공연한대, 또.

토니 쿠시너

그래? 작가료는 주나?

배우B/작가

그거야 주겠지만.

토니 쿠시너

감사합니다, 여러분. 〈엔젤스 인 아메리카〉
많은 사랑 부탁드리고요.

배우B/작가

아니-

토니 쿠시너

이거 말고? 연말연시 퀴어 연극으로 따뜻하게-

배우B/작가

/퀴어 작가로, 비판을, 좀.

토니 쿠시너

어떤?

배우B/작가

국민 혈세로 퀴어 연극 만드는데-

토니 쿠시너

/그럼 안 되나?

배우B/작가

돼.

54

토니 쿠시너

오예.

배우B/작가

그거는 되는데. 제대로 해야 될 거 아냐?
당사자 관객들이 있는데.

토니 쿠시너

아, 그거는 뭐. 올려준다는데. 당사자만
어떻게 퀴어 연극을 하겠어? 그럼 생태 연극은?
동물이 연기를 해야 되나?

배우B/작가

도움이 안 되네.

토니 쿠시너

작품이 잘 나오면 되는 거야, 공연만 제대로
올라가면. 알 파치노가 하든, 앤드류 가필드가 하든,
제작자 맘이지, 작가가 힘이 어딨어.

배우B/작가

이거 봐, 이거 봐. 작가가 자기가 만든 인물을
책임을 져야 될 거 아냐? 한 게 뭐야? 퀴어 연극
이 꼴 날 때까지 뭐 했어?

토니 쿠시너

뭘 해? 내가 연출도 아닌데. 그거 하다가 작가 인생
다 끝나. 생각 잘해. 당사자성 좋아, 좋은데.
아니, 내가 연출했으면 내 작품이 브로드웨이 가고
헐리웃 가고 했겠어? 멀리 봐야지.

배우B/작가

뭘 멀리 봐?

토니 쿠시너

자, 봐. 내가 이 대본 썼을 때, 그때만 해도 미국 내
차별금지법이 뉴욕시의회도 통과 못 할 때야. 20년 동안
통과도 못하고 그 자리 그대로 있었어. 그래서 내 대본은
헐리웃을 갔어야 했고, 브로드웨이를 갔어야 됐던 거지.
한복판에 퀴어 연극을 들이밀었어야 했다, 이건 거야.
상황이 그랬다고. 물론 조금 그 와중에, 각색이 조금
들어가고, 상업화도 조금 되고, 하지만 그거는 뭐 원래
그렇게 하는데 어떡하겠어, 작가가.

배우B/작가

아, 그래서 이제 스티븐 스필버그 대본만 쓰는 건가?

토니 쿠시너

멀리 보고 가야 되는 거야. 한 계단씩, 차근차근.

기회 잡을 때까지. 가다가 선배 작가 보이면, 없애 가면서.

(당수치기를 선보이며)

요렇게.

배우B/작가

됐어, 꺼져, 꺼져.

토니 쿠시너

할 때 소리도 내면서.

(한 번 더 당수치기)

정치적 올바름! 허리랑 손목 회전으로.

응? 알겠지?

배우B/작가

꺼지라고.

토니 쿠시너

나도 바빠서 가봐야 돼. 사회운동 해야 돼 가지고.

(구호 외치며)

사유재산제 폐지, 동물 해방.

현재의 공연이 올라가고 있는 실제 연도가 뜬다.

'배우B/작가'가 뒤에서 당수를 치려다가

'토니 쿠시너'와 눈 마주쳐서 손 흔들기로 무마.

배우B/작가

토니 쿠시너는 일부러 살려두는 거야.

다음 작품에 등장시켜야 되거든. 공연 제목은

〈2032 엔젤스 인 아메리카〉.

배우A/텍스트

괄호 치고, 제20회 서울변방연극제 참가작,

예매는 플레이티켓,

배우B/작가

괄호 닫고.

토니 쿠시너

(다시 나와서)

또 만나요.

3장

「여러분, 성소수자는 여러분 곁에 있어요. 지금 앉아계신
자리 가장 가까운 곳에. 거기 계신 분들 다 이성애자일까요?
앞, 뒤, 옆. 전부 시스젠더일까요? 그렇게 보이세요? 그렇게
생기셨나요? 여러분 가정에선 어떨까요? 알고 봤더니
아빠 겸 엄마, 딸 겸 아들- (뭔가 이상한 소리 같아서)
아니, 이 얘길 하려던 건 아니고. 적어온 걸 읽겠습니다.
(종이를 꺼내며) 이 좌담회 자리를 빌려서, 제가 말하고
싶은 건 이거 하나입니다. 우리 모두가 인간의 존엄과
권리를 위해 함께 싸워나가야 한다는 것. LGBT+ 커뮤니티는
억압에 맞서 편협함과 혐오와 배제를 반대해왔습니다.
오늘날 정치적 올바름은-」

배우B/작가

그때, 와장창,

배우A/텍스트

창문 깨지는 소리.

배우C/안필

'배우C/안필',

60

배우B/작가

그리고 사람들이 질러대는

배우A/텍스트

짧은 비명.

「여러분, 혐오 범죄예요, 이건. 2031년에, 지금이 어느 땐데 이렇습니다. 여전히 혐오 범죄의 표적이 되고 있다고요.」

배우C/안필

아수라장을 뒤로 하고 등장하는,

배우B/작가

'배우B/작가',

배우A/텍스트

팔힘을 썼는지,

배우C/안필

어깨를 풀면서.

배우A/텍스트

2031년.

배우B/작가

나는 결심을 했지. 악인이 되기로. 빌런이 되어야겠다.
어디서 평가를 해. 항상 피해자, 약자 취급하고.
왜 동정심을 가져. 이제 니들이 연민할 퀴어 주체는
여기 없어. 죽고 없는 거니까. 진짜 이야기는 여기서부터.
이제부터 줄거리, 다 내가 짠 거야.

심사위원장

심사위원장.

배우B/작가

근데 이 다음 내용이 어떻게 되더라?

심사위원장

뭐하십니까.

배우B/작가

예, 예, 선배님?

심사위원장

딴생각했지?

배우B/작가

아뇨. 깊게 생각하느라, 숙고한다고. 선배님,

작품 진짜 좋지 않나요? 얘네 대학생 맞나 몰라?

심사위원장

아무거나 뽑아, 아무거나. 뭘 뽑아도 니들 하던
연극보다 나아.

배우C/안필

남은 작품 둘 다 퀴어 연극이네요.

심사위원장

끝내. 될 놈 되는 거야.

배우C/안필

첫 번째 작품은 과감하긴 한데 좀 치기 어려서.
완성도가 아무래도 불안하고.

심사위원장

그래서?

배우C/안필

두 번째 작품 어떠세요? 소수자 화자도 갈수록
다양하게 필요한 거고. 또 이런 게 뽑혀야-

배우B/작가

/근데 그게 진짜 소수자 서산가? 완성도야 있다 쳐도.

배우C/안필

필요한 작업이에요. 동시대적이고. 당사자만
자기 얘기하란 법 있나요.

배우B/작가

공동 수상은 안 되죠?

심사위원장

뭐 들었냐? 우리가 상금 줄 거야? 그냥 두 번째 껄로
가자. 기본기 있는 거 뽑아. 그래야 욕은 안 먹지.

배우C/안필

예, 올해 그러면-

심사위원장

심의총평 써야지.

배우B/작가

아, 작년에 제가 쓰긴 했는데.

심사위원장

그럼 내가 써? 나 이런 걸 너무 많이 썼어.
그래, 둘이 번갈아 쓰면 되겠네. 알아서들 해.
나 퇴장해야 돼.

배우C/안필

들어가십시오.

배우B/작가

(사이)
저기, 나 좀 봐요.

배우C/안필

예?

배우B/작가

하나만 물어볼게요. 오늘 뽑은 거 뭐예요?
가르쳤던 애들이에요? 제자들?

배우C/안필

그럴 리가요. 아니에요.

배우B/작가

근데 왜 그렇게 민 거예요?

배우C/안필

완성도가 좋으니까-

배우B/작가

/너 작정하고 그러더라? 신났지? 근데 너 니가
발언권을 너무 얻은 거 같지 않아? 다 퀴어 연극이래도
그렇지, 아무나 심사위원 하냐? 아무리 대학 연극제
심사라도 그래. 적당히를 몰라-

배우A/텍스트

방금 전 대사는 상상 속에서 한 거야.

배우B/작가

머릿속에서. 나만 들리게 혼잣말.

배우C/안필

여하튼,

배우B/작가

하여튼,

배우A/텍스트

아무튼,

배우B/작가

극작가 다 나와 봐.

연달아 계속해서 열차가 도착하는 소리.

「게오르그 뷔히너, 니콜라이 고골, 다리오 포, 루이지 피란델로,

마샤 노먼, 막스 프리쉬, 몰리에르, 베르톨트 브레히트,

브라이언 프리엘, 사무엘 베케트, 샘 셰퍼드, 소포클레스,

손톤 와일더, 아돌 푸가드, 아리스토파네스, 아리엘 도르프만,

아서 밀러, 아우구스트 스트린드베리, 아이스킬로스,

안토니오 부에로 바예호, 안톤 체홉, 어거스트 윌슨,

에우리피데스, 오스카 와일드, 외젠 이오네스코,

요한 볼프강 폰 괴테, 윌리엄 셰익스피어, 유진 오닐, 장 라신,

장 아누이, 장 주네, 장 콕토, 조지 버나드 쇼, 캐롤 처칠,

톰 스토파드, 페데리코 가르시아 로르카, 페르난도 아라발,

페터 바이스, 페터 한트케, 폴라 보글, 프리드리히 뒤렌마트,

프리드리히 실러, 피터 쉐퍼, 하이너 뮐러, 해롤드 핀터,

헨릭 입센」

「(이상 가나다 순)」

배우B/작가

이제 니들 다 죽었어. 나와, 장 주네부터.

67

장 주네

장 주네.

> 「기존 연극사: 장 주네는 1910년 프랑스 파리에서 태어났고
> 생후 7개월 만에 유기됐다. 파리 빈민구제국에 위탁된 그는
> 성장 후 절도죄와 부랑죄 등으로 소년원에 수감됐다. 출소한
> 뒤에는 입대를 하였지만 곧 탈영하여 거리에서 살아가기
> 시작했다. 자전적인 작품들로 프랑스 문단에 큰 파장을
> 일으켰고 이후 세인트 주네(Saint Genet)라 불리며 당대
> 문인들의 전폭적인 지지를 받았다.」

배우B/작가

죽기 전에 할 말 있으면 해봐.

장 주네

죽었는데 뭘 또 죽어.

배우B/작가

너는 퀴어니스를 정치적으로 이용했고, 또 스스로
이용당한 최초의 작가야. 안 그래? 아니면
장 폴 샤르트르, 시몬 보부아르 같은 문인들이 왜
다 널 찾았겠어? 자기들은 진보 엘리트니까, 높으신
집안 출신에 부르주아니까. 보수 쪽 작가들 치는데
너 이용하려고. 이름에 다 프랑스 들어가고, 제국주의

옹호하는, 그런 작가들이 자꾸 노벨문학상 타니까,
그 꼴 보기 싫어서. 그래서 너 이용한 거잖아.
세대 교체하려고. 문단 권력 잡으려고. 자, 봐라,
우리 진영엔 홈리스에 상습절도범에 섹스워커 출신
퀴어 작가가 있다, 이런 거 하려고. 무슨 성자 주네,
세인트 주네야. 그거도 다 실존주의자들이 로마가톨릭
엿먹이려고 만든 거잖아. 내 말 맞아, 아니야?

장 주네

다들 이용당한 거지. 나도, 샤르트르도,
보부아르도, 다. 너도 그렇게 될 거고.

배우B/작가

아, 발뺌을 하시겠다? 있어봐.

(보고 읽으며)

'내가 범죄를 좋아하는 건 범죄가 체벌과 동시에
고통을 내포하고 있기 때문이다. 나의 범죄행위들,
내가 그걸 후회한 적이 있다면 그건 아마 내가
그 범죄행위를 하기 전까지만 해당한다. 나는
섹스 때문이 아니라 범죄행위 그 자체 때문에
발기했던 것이다.'[4] 이거 봐, 이거? 누구 글이야?
니 글이잖아. 너는 말이야, 지금 시대에 태어났잖아?

현재의 공연이 올라가고 있는 실제 연도가 뜬다.

'배우B/작가'는 밀어서 잠금 해제,
연도를 다시 2031년으로 바꾼다.

배우B/작가
요새 이런 거 쓰면, 다 절판되고, 회수되고.

장 주네
그래서? 부러워?

배우B/작가
(당수치기를 하며)
정치적 올바름.

배우A/텍스트
'장 주네'는 당수를 맞고,

장 주네
죽어서 바닥에 뻗는다.

「극작 능력 상승!(+1)」
「연극사 정정: 장 주네는 1910년 프랑스 파리에서 태어났고
거리에서 살아갔다. (자신의 퀴어니스와 도덕적 일탈들을
전시한) 자전적인 작품들로 프랑스 문단에 큰 파장을
일으켰고 이후 세인트 주네(Saint Genet)라 불리며

당대 문인들의 전폭적인 지지를 받았다.」

배우B/작가

장 주네 다음이면. 사, 아, 자, 차, 카. 키읔이면 콕토네.
장 콕토 나와.

장 콕토

장 콕토.

「기존 연극사: 장 콕토는 1889년 프랑스 메종라피트에서
태어났다.」

배우B/작가

잘못한 거 말해. 없어? 따라 해. 내 잘못은,

장 콕토

내 잘못은,

배우B/작가

내가,

장 콕토

내가,

배우B/작가

선배 작가란 거다.

장 콕토

선배 작가란 거다.

(스스로에게 당수치기를 하며)

정치적 올바름.

배우A/텍스트

'장 콕토'는 당수를 맞고,

장 콕토

죽어서 바닥에 뻗는다.

「극작 능력 상승!(+1)」

「연극사 정정: 장 콕토는 ~~1889년 프랑스 메종라피트에서~~ ~~태어났다.~~ (기성 예술계와 제도권에 편입된 퀴어 작가 중 하나였다.)」

배우B/작가

뭐 제대로 된 놈들이 없어. 관객들아, 내 속마음을 말해주자면, 내가 정말 없애고 싶은 건 안필이야. 근데

(당수 치는 시늉하며)

이게 안 돼. 내가 할 수 있는 건 선배들 없애는 거야.

산타 에스메랄다(Santa Esmeralda),

〈돈 렛 미 비 미스언더스투드(Don't Let Me Be Misunderstood)〉,

또는 그와 유사한 음악이

낮게 흘러나와 배경에 깔리고.

배우B/작가

그래서 내 위에 아무도 없게 만드는 거지.

그다음엔 누구 신경 쓸 필요가 없잖아. 퀴어 연극은

어때야 한다, 소수자 연극은 어때야 한다,

훈수 두고 간섭하는 인간들도 없을 거고. 소수자는

누가 소수자야. 나 퀴어 연극 같은 거 안 해.

곡이 시작하고 30초 시점을 전후

스페니쉬 기타가 합류하는 그 순간,

배우B/작가

(제풀에 발끈해)

그거 마이너잖아. 내가 하는 건 메이저야. 오해 마시라.

돈 렛 미 비 미스언더스투드. 인정받는 순간까지

미련하게 글만 쓰느니, 내가 그 순간을 향해서 나아가는

거야. 혐오 서사는 이제 끝이다. 나는 연극사 전체를

부정할 거니까. 이제 정치적 올바름의 시대라고.

극작가, 니들 다 죽었어. 지옥에서 만나자.

배우A/텍스트

그리고 모두가 아는 바로 그,

배우B/작가

바로 그 메인 멜로디가,

배우A/텍스트

터져 나오는 순간,

배우B/작가

바로 그 순간,

배우A/텍스트

폭발하는 당수치기.

배우B/작가

인물들,

배우A/텍스트

상대방과 싸우는 것처럼,

배우B/작가

혹은 힘을 합쳐,

배우A/텍스트

공동의 적과 싸우는 것처럼,

배우B/작가

그러니까,

배우A/텍스트

말하자면,

배우B/작가

엉망진창의,

배우A/텍스트

막무가내의 당수치기.

배우B/작가

또 당수치기.

배우A/텍스트

무대 위 스크린,

배우B/작가

죽여 없앤 극작가들의 이름,

배우A/텍스트

크레딧 올라가듯,

배우B/작가

엄격, 근엄, 진지하게,

배우A/텍스트

작가들의 이름 쏟아져 나오고,

배우B/작가

곡은 절정으로 치닫고,

배우A/텍스트

모두 끝장난다.

배우B/작가

모두 끝장나는 당수치기,

배우A/텍스트

또 당수치기,

배우B/작가

그리고 끝장.

「극작 능력 상승!(+∞)」

「게오르그 뷔허너, 니콜라이 고골, 다리오 포, 루이자 피란델로,
마샤 노먼, 막스 프리쉬, 몰리에르, 베르톨트 브래히트,
브라이언 프리엘, 사무엘 베케트, 샘 셰퍼드, 소포클래스,
손톤 와일더, 아돌 푸가드, 아리스토파네스, 아리엘 도르프만,
아서 밀러, 아우구스트 스트린드배리, 아이스킬로스,
안토니오 부에로 바예호, 안톤 체홉, 어거스트 윌슨,
에우리피데스, 오스카 와일드, 외젠 이오네스코,
요한 볼프강 폰 괴테, 윌리엄 셰익스피어, 유진 오닐, 장 라신,
장 아누이, 장 주네, 장 콕토, 조지 버나드 쇼, 캐롤 처칠,
톰 스토파드, 페데리코 가르시아 로르카, 페르난도 아라발,
페터 바이스, 페터 한트케, 폴라 보글, 프리드리히 뒤렌마트,
프리드리히 실러, 피터 쉐퍼, 하이너 뮐러, 해롤드 핀터,
헨릭 입센」

「(이상 가나다 순)」

심사위원장

잘 읽었다.

배우B/작가

어떠셨어요?

심사위원장

너도 알지?

배우B/작가

뭐가요?

심사위원장

20년 동안 본 거 중에 최고야. 알 텐데?

배우B/작가

그래요?

심사위원장

근데 너 이거 왜 나한테 준 거냐? 바빠 죽겠는데.

배우B/작가

뭐, 읽어보시라고.

심사위원장

생각해놓은 연출 있어? 극장은?

배우B/작가

모르죠.

심사위원장

모르긴 뭘 몰라. 일부러 나한테 보낸 거 아냐.
개관 준비위에 있다고.

배우B/작가

선배님, 고칠 거 좀 말해주세요. 제일 먼저 보셨으니까.
다른 데 아직 안 보여줬거든요.

심사위원장

속이 시커먼 놈. 개관작 한 번 만들어보려고. 늦었어, 너.

배우B/작가

뭐가요?

심사위원장

늦었다고.

배우B/작가

예심했어요?

심사위원장

예심은 무슨. 본심도 다 했어. 끝나가는데.

배우B/작가

아.

심사위원장

근데 진짜 무슨 생각이었냐? 내가 총대 매라고?

내가 개관준비위 제일 막내뻘인데. 또 작품만
가지고 되는 것도 아니고. 이 극장 탐내는 인간들
얼마나 많은 줄 알아? 기간도 촉박해 죽겠는데.

배우B/작가

안 되면 말고, 뭐.

심사위원장

야, 이런 걸 써놓고 안 되면 말고가 어딨어?
아예 나한테 보여주질 말았던가 했어야지.

배우B/작가

감사해요.

심사위원장

(사이)
아니, 아니. 지금 와서, 무슨. 개관작은 얘기도 못 꺼내.
다 뽑아가는데.

배우B/작가

선배님, 이름 뭔데요? 뽑힌 작가 이름요.

심사위원장

확인 중이야.

배우B/작가

무슨 확인요?

심사위원장

있잖아, 맨날 확인하는 거. 어디 냈던 대본 아닌지,
몇 살인지.

배우B/작가

작가 이름 뭔데요?

심사위원장

발표되면 봐, 나중에.

배우B/작가

이름만요.

심사위원장

왜?

배우B/작가

그냥요.

심사위원장

말해도 아냐?

배우B/작가

아, 진짜!

심사위원장

왜 저래?

배우B/작가

이름만 알려주시라는데.

심사위원장

이상한 놈이네, 이거. 니가 알아서 뭐 하게?

배우B/작가

어느 게 나아요? 제 대본이랑 뽑힌 대본 중에?

심사위원장

그것도 퀴어 어쩌고더만. 요새 뽑히는 작품들 다 그래.

배우B/작가

말세네요.

심사위원장

그래, 말세지.

배우B/작가

근데 어느 대본이 더 낫냐고요, 선배님.

심사위원장

야, 무슨 되지도 않는 욕심-

배우B/작가

/솔직히?

심사위원장

작품 좋아. 작품 좋은데. 또, 또 있는 사람 얘기
적어놓고서는. 니 얘기 적으려면 니 얘기만 적든가.
이건 걔 얘기도 있잖아, 걔. 너랑 같이 다녔던 배우.

배우B/작가

그거나 알려달라고요. 개관작 누가 썼는지.

심사위원장

너 뭐야?

배우C/안필

어느새 준비하고 있는 당수치기 자세.

심사위원장

그 손 뭐냐?

배우B/작가

누군지 말하라니까!

심사위원장

나한테까지 이러냐? 나 죽이려고? 니 선배들처럼?
모를 거 같아?

배우B/작가

아네? 어떻게 알지?

심사위원장

전지적 인물이니까 안다.

배우B/작가

뭐래? 끝까지 가르치려고 들지?

심사위원장

다 알면서 눈감아주는 거야, 너 이러는 거.
그럼 정도껏 해야지. 그래 봤자 소용도 없어.

배우B/작가

정치적 올바름의 맛 좀 볼래?

심사위원장

선배밖에 못 죽이잖아. 근데 어쩌려고, 후배한테?

배우B/작가

후배?

심사위원장

작가가 신인이야. 개관작이 데뷔작인데 어쩌려는 거야.

배우B/작가

신인이라고?

심사위원장

그래, 니 후배다, 어쩔래?

배우C/안필

여하튼,

배우B/작가

하여튼,

변호사

아무튼,

4장

배우C/안필

'배우C/안필'과

변호사

변호사,

배우C/안필

낮은 소리로,

변호사

상의하다가.

배우C/안필

작가님 오셨어요?

배우B/작가

말씀 나누세요.

배우C/안필

들어오세요.

배우B/작가

아니에요, 아니에요. 전 그냥. 제가 일찍 온 거라-

배우C/안필

/들어오세요. 우리 작가님이세요.

변호사

들어오세요.

배우B/작가

아, 예.

변호사

말씀 많이 들었습니다.

배우C/안필

변호사님이세요. 제 소속사 담당 로펌에 계시는.

변호사

안녕하세요?

배우B/작가

아, 중요한 얘기셨나 본데,

변호사

작가님 얘기 중이었어요.

배우B/작가

저요?

배우C/안필

뭐, 겸사겸사. 앉으세요. 왜 서서.

변호사

어디서 뵀던 거 같은데. 얼굴이 낯이 익어서요.

배우B/작가

저는 잘-

배우C/안필

보셨을 수도 있죠. 원래 검찰 계셨거든요.
검사 출신이세요.

배우B/작가

검사님 만날 일은 없었는데. 판사면 모를까.

배우C/안필

요새도 법원 자꾸 가세요?

배우B/작가

하던 얘기 마저 하시죠-

배우C/안필

/있는 사람 얘길 자꾸 쓰시니까 그렇죠.

(사이)

농담이에요, 농담.

배우B/작가

두 분 얘기 끝나고 오겠습니다.

변호사

아뇨, 얘기 다 했습니다.

배우C/안필

작품 잘 읽었어요, 작가님.

배우B/작가

작품이요?

배우C/안필

정말 좋던데요? 쓰신 거 중에 최고. 진짜 읽고
기립박수가 나오던데.

배우B/작가

그걸 보셨어요?

배우C/안필

저랑 말씀을 좀 하시죠.

배우B/작가

(사이)

둘이서 얘기하면 되죠?

변호사

말씀 나누시고, 필요할 때 부르세요. 편하게.

　　(나가려다)

　　안필 배우님, 그럼 그쪽은 바로 고소 준비합니다.

배우C/안필

예, 말씀 나눈 대로 해주세요. 감사합니다.

　　(나가면)

　　아니, 해외 촬영 다니다 별일이 다 있어요.

　　그거 땜에 소속사랑 하루 종일—

배우B/작가

/어떻게 읽었어요?

배우C/안필

잘 읽었습니다.

배우B/작가

아니, 어떻게 읽었냐고요. 누가 뭐라면서 보여줬어요?
내가 보여준 사람 중에 있을 텐데. 저 사람도 읽어봤죠?
저 변호사.

배우C/안필

혼자 읽기 아깝더라고요.

배우B/작가

그래서 보여주셨다. 혼자 읽기 아까워서.

배우C/안필

화나셨어요?

배우B/작가

고소하시든가요.

배우C/안필

그렇죠.

배우B/작가

다 해보시든가.

배우C/안필

그 생각도 했죠. 안 해본 게 아니고.

배우B/작가

근데요?

배우C/안필

안 했을 것 같으세요?

배우B/작가

나 왜 불렀어요?

배우C/안필

안 해봤을 것 같냐고요.

배우B/작가

변호사 뭐래요, 읽고?

배우C/안필

작가님, 저한테 먼저 할 말 없으세요? 쓰시면서
제 생각은 한 번 하셨어요? 제가 어떻게 나올 줄 알고?

도대체 무슨 생각으로 쓰신 거세요? 예? 어쩌시려고요,
이 대본으로? 어쩌실 거냐고요. 공연하시게요?

배우B/작가

하면요?

배우C/안필

보러 가야죠.

배우B/작가

(사이)

사람 가지고 놀아요?

배우C/안필

아뇨, 진심으로요. 무조건 좋은 작품 나오죠.
대본이 최곤데. 처음엔 화가 났는데, 읽다 보니까
대본이 너무 좋은 거예요. 주인공이 문제여서 그렇지.
이거 저잖아요. 보는 사람 다 알 텐데.

배우B/작가

녹음하는 거죠?

배우C/안필

녹음요?

배우B/작가

우리 얘기 녹음하냐고요. 변호사가 시켰죠?

배우C/안필

제가 작가님인 줄 아세요? 치사하게. 대본 때문인 줄
아세요, 제가 고소 안 하면.

배우B/작가

그러면-

배우C/안필

저희 선에서 해결하시죠. 저랑 작가님 알고 지낸 게
얼만데. 써놓은 작품 지우라곤 못 하죠. 그럼 작가님
가만히 계시겠어요? 이 정도 대본인데? 작가님
무슨 짓이든 다 하시지 않겠어요? 대본 아까워서.
저랑 협상을 좀 하시죠. 각자 타협하는 걸로.

배우B/작가

해외 촬영이 큰 건가 봐요.

배우C/안필

그건 뭐.

배우B/작가

그거 땜에 넘어가시려나 보네. 일 크게 안 만들고.
조용히 그냥.

배우C/안필

(사이)

근데 너무하시긴 했어요. 미리 동의를 받으시든가.
적으시려면 좀 좋게 적으시지. 절 가짜 게이로
만드시면, 사람들이 뭐라 생각하겠어요? 제가
이때까지 해온 게 있는데.

배우B/작가

미리 얘기했으면, 적으라고 했겠어요?

배우C/안필

좀 고치셔야겠어요. 사람들 못 알아보게.

배우B/작가

나 이거보다 좋은 대본 못 써요. 이제 끝일 텐데.

배우C/안필

아뇨.

배우B/작가

쓰면서 알아요. 내리막일 거예요, 앞으론.

배우C/안필

무슨 소리세요.

배우B/작가

그러니까 지금 대본을 고친다는 게-

배우C/안필

/예, 힘들어요. 알아요. 그래서요? 그래서 이대로
발표하시게요? 진짜로 그럴 생각이세요?

(사이)

쭉 돕고 살았어요. 작가님이랑 저. 어떻게
생각하실지 모르겠는데. 서로 덕에 여기까지
온 거에요. 앞으로도 도와야죠. 좋은 게 좋은 거
아니겠어요? 제가 무슨 적이라도 되는 거
같으세요? 아니에요. 작가님이랑 저는 목적이
비슷했던 거 같아요. 길이 같았으니까. 애초에
같은 목표로 출발했고.

배우B/작가

목표가 뭐였는데요?

98

배우C/안필

그림이 안 좋죠, 저랑 작가님 틀어지면. 같이
해온 게 있는데. 그랬잖아요, 힘들었을 때.
이번엔 제가 도와드릴게요. 같이 한 번 해보시죠.

배우B/작가

뭘요? 뭘 도와줘요?

배우C/안필

아, 제가 도와드리는 건 아니고. 근데요.
변호사님 진짜 본 적 없으세요?

배우B/작가

(사이)
법원 갔다 본 거 같아요.

배우C/안필

아니, 아니, 그게 아니라. 요즘은 아닌데, 예전에
변호사 역할로 가끔 영화 출연도 하셨거든요. 보셨을
수도 있어요. 배우 경력 있으셔서 소속사나 제작사
쪽이랑 일도 많이 하시고. 아역배우 출신이셨데요.
잘 도와주실 거예요. 이쪽 일 아시는 분이라.

배우B/작가

뭘요?

배우C/안필

대본 금방 고치실 거에요. 변호사님이랑 같이 쓰시면.

긴 침묵.

개관작 당선자

열차가 지나간다.

배우B/작가

지나가는 소리가,

배우C/안필

들리고,

개관작 당선자

혹은 열차가,

배우B/작가

지나가는.

배우C/안필

그림자,

개관작 당선자

무대를 덮는다,

배우B/작가

'배우B/작가'와.

배우C/안필

'배우C/안필'은,

배우B/작가

악수한다.

배우C/안필

희비교차.

배우B/작가

어떤 작가들은 하라고, 어떤 작가들은 하지 말라고 해.
어떤 작가들은 물구나무를 서라고 하고, 어떤 작가들은
물구나무서면 죽는대. 그게 작가들이야. 한 사람 한 사람
얘기 듣잖아? 맞는 소리 같기도 해. 고요하게 진실된
뭔가 있는 것처럼. 근데 작가들이 여러 명 있잖아?

그럼 화음이 생길 리가 없어. 서로 완전히 반대말을
하고 있으니까. 어떤 작가들은 무덤이랑 전쟁터에서
썼고 어떤 작가들은 욕조랑 풀장 안에서 썼거든.
작가들은 자기 글의 그림자일 뿐이야. 인생에 아무
알리바이가 없어. 그런데 나는? 난 어떤 작가가 된 걸까?
도대체 누군 거지? 글 쓸 때 나한테 다음 문장을
불러주는 게? 에드워드 올비? 테네시 윌리엄스?
장 주네? 장 콕토? 이제 나도 모르겠어. 너무 멀리 왔어.
나 정도면 꽤 멀리 왔지.

개관작 당선자

개관작 당선자.

배우B/작가

처음 생각보다 훨씬 더 멀리.

개관작 당선자

선배님, 안녕하세요?

배우B/작가

변호사님, 안녕하세요?

개관작 당선자

예? 아닌데요.

배우B/작가

아, 제가 취해서. 안 먹다 마시니까. 불면증 있어서.

개관작 당선자

저 이번에-

배우B/작가

/당선된 분이죠? 극장 개관작.

개관작 당선자

아시네요? 처음 뵙겠습니다. 어떻게 아셨어요?

배우B/작가

앉으세요.

개관작 당선자

저, 말씀 나누시던 분-

배우B/작가

/앉으세요. 저 아시나 보네. 먼저 인살 하시고.

개관작 당선자

당연히 알죠, 선배님. 이번에 쓰신 것도 봤어요.
희곡상 받으신 작품요. 너무 좋은 작품이라. 꼭 한번

뵙고 싶었어요. 그리고 여쭤보고 싶기도 했고. 이런
얘기 너무 많이 들으셨겠지만, 정말 자전 서사만
쭉 써오셨잖아요. 근데 그중에 얼마나 본인 얘기신지-

배우B/작가

/공연 잘 봤어요.

개관작 당선자

감사합니다. 놀랐어요, 보러 오셨길래.

배우B/작가

그래요?

개관작 당선자

예, 오신 걸 봤는데, 인사 못 드렸어요, 놀라서.

배우B/작가

인사성 좋으시네. 나 신인 땐 그렇게 못 했는데.
작가들 많이 아시나 봐요. 연출이랑 합은 좋았나?
잘 맞았어요? 첫 작품이랬나, 이게?

개관작 당선자

예, 살면서 처음 쓴 대본이에요.

배우B/작가

(사이)

처음 썼어요? 공연이 처음 올라간 게 아니고?
신인치곤 나이 좀 있던데.

개관작 당선자

대본을 안 써봐서요.

배우B/작가

원랜 뭐 했는데요? 시 소설 썼어요?

개관작 당선자

계속 조연출만 했어요.

배우B/작가

(사이)

재밌네.

개관작 당선자

글 쓰는 건 안 해보고.

배우B/작가

이제 작가하시게요?

개관작 당선자

작가도 하고.

배우B/작가

연출도 하고?

개관작 당선자

예, 그것도 해야죠.

배우B/작가

본인 대본 연출도 하면 되겠네.

개관작 당선자

그래서 그런데, 이번에 희곡상 받으신 작품,
너무 좋았어요.

배우B/작가

(사이)

제가 상을 받아요?

개관작 당선자

지금 이거 상 받은 뒤에 하는 대화예요.

침묵.

배우B/작가

감사합니다.

개관작 당선자

아뇨, 좋다는 말로 부족한데. 그런 생각 드는
대본 있잖아요. 와, 이런 희곡을 연출해 보고 싶다,
언젠가 꼭.

배우B/작가

책으로 봤어요?

개관작 당선자

예, 단행본 먼저 나와서.

배우B/작가

그거 내 글 아니에요.

개관작 당선자

예?

배우B/작가

발표된 거, 원래 내가 쓴 게 아니에요, 싹 다 고쳐서
책에 실린 거라.

개관작 당선자

어떤?

배우B/작가

상 받은 게, 내용을 다 뜯어고쳐서, 지들 맘대로-
아뇨, 해보게요? 그거, 공연?

개관작 당선자

예. 언젠가.

배우B/작가

하세요. 몇 월에 올리게요?

개관작 당선자

예?

배우B/작가

작가료 안 줘도 되니까. 뭐, 얼마나 큰 데서 올리겠어요?

개관작 당선자

저는 나중에 말씀드리려고 한 건데. 당장 올린단 건-

배우B/작가

/하면 되죠. 원래 연출하신다면서요.

개관작 당선자

조연출만 해본 거라.

배우B/작가

잘 하시겠죠. 이 정도 대본 쓰시는데.

개관작 당선자

말씀만도 감사합니다.

배우B/작가

아니에요.

개관작 당선자

감사해요. 처음 뵀는데 이렇게-

배우B/작가

근데 뭐라 불러야 되나? 뭐가 편하세요?
작가님, 아니면 연출님?

개관작 당선자

편하게 부르세요. 이름으로 부르셔도 되고요.

배우B/작가

아, 여쭤보려고 했는데. 필명 특이하셔서.

개관작 당선자

본명이에요.

배우B/작가

본명요? 본명이 유다세요?

개관작 당선자

예.

배우B/작가

생각도 못 했네. 너무 특이한 이름이라.

개관작 당선자

선배님 성함도 그렇죠.

배우B/작가

그럼 유다 씨라고 부르면 돼요?

개관작 당선자

예.

배우B/작가

이스라엘서 오셨어요, 유다 씨?

개관작 당선자

지옥에서 왔거든?

배우B/작가

개관작 당선자는 주머니에 있던,

개관작 당선자

권총을 꺼내 가슴팍을 쏜다. 탕.

배우B/작가

(숨을 쉬질 못하며)
장전하고, 다시 탕.

개관작 당선자

장전하고, 다시 탕.

로펌 직원

여하튼,

배우B/작가

하여튼,

개관작 당선자

아무튼,

로펌 직원

로펌 직원.

배우B/작가

(숨을 몰아쉬며)

여기-

로펌 직원

계단으로 오셨나 봐요. 죄송해요.

배우B/작가

됐어요-

로펌 직원

어떻게 오셨어요?

배우B/작가

변호사 만나러-

로펌 직원

첫 방문이세요? 상담받으러 오셨어요?

배우B/작가

그런 거 말고-

112

로펌 직원

숨 좀 쉬세요. 어떤 일 때문에 그러세요?

배우B/작가

그, 변호사–

로펌 직원

/어느 분요?

배우B/작가

안드륜가, 앤드륜가.

로펌 직원

아, 앤드류 백 변호사님? 출발 전에 연락 주시지.
변호사님 지금 법원 가셨어요. 로펌 사이트 보고
오셨어요?

배우B/작가

아뇨, 그런 거 아니에요. 아예 간 거예요?
오늘 안 들어와요?

로펌 직원

이제 재판 들어가셨을 거예요. 급한 일이세요?

배우B/작가

갔다 안 들어와요?

로펌 직원

빨리 끝나면 30분? 무슨 일 때문에 그러세요?

(대답을 못하자)

어떤 일로 오셨어요? 변호사님 문자 남겨드릴게요.

배우B/작가

아뇨, 아뇨. 됐어요.

로펌 직원

그래도. 어떤 걸로 오셨는지 문자 남겨드리고-

배우B/작가

/아뇨. 그냥 있을게요. 여기.

로펌 직원

상담실에서 기다리세요. 저쪽, 유리문.

배우B/작가

유리문이 어딨어요?

로펌 직원

있다고 치세요.

상담실 남자

상담실 남자.

로펌 직원

유리문 안으로 들어서면 어색한 침묵 흐른다.

상담실 남자

안 와요.

배우B/작가

예?

상담실 남자

안 온다고요.

배우B/작가

예.

상담실 남자

변호사요.

배우B/작가

예.

상담실 남자

변호사.

(처음으로 눈 마주치자)

예, 변호사. 30분 같은 소리하네. 무슨 30분이야.

배우B/작가

안 온다고요?

상담실 남자

변호사 안 와요.

배우B/작가

여기 얼마나 있으셨는데요?

상담실 남자

절대 안 와요, 절대. 사기를 치고 있어. 믿지 마시고-

배우B/작가

/얼마나 계셨어요?

상담실 남자

왜요, 급해요?

배우B/작가

안 온다고 하셔서–

상담실 남자

/작가님, 급하세요?

배우B/작가

저 아세요?

상담실 남자

급하시냐고요.

배우B/작가

저 어떻게 아세요?

상담실 남자

묻잖아요, 제가.

배우B/작가

누구세요?

상담실 남자

(사이)

제 얘기 끝까지 들으셔야 돼요. 알겠죠?

배우B/작가

누구신지-

상담실 남자

/그것도 말 끊는 거예요. 예?

배우B/작가

왜 저한테 이러세요-

상담실 남자

/왜가 아니지! 그런다고 뭐가 달라지나?

(사이)

이제 그냥 들으세요. 끝까지. 토 달지 말고.

제 얘기 끝까지.

배우B/작가

예.

상담실 남자

아니, 아니. 들으라고! 그냥 들으세요. 중간에 끊지 말고.

(사이)

도덕 안에, 원래 저는 못 들어가는 거였어요.
도덕 안에요. 문지기도 있고. 계속 도덕 바깥에
있다가.[5] 근데 갑자기 이렇게 됐어요. 뭐가 쿵
하더라고요. 엄청 크게. 가보니까 뭐가 쓰러져
있는데, 그 밑에 문지기가 깔렸고. 보니까
문짝이더라고. 엄청 오래된 건데. 낡아서, 썩어서.
아무튼 그게 쓰러지는 소리였나 봐요. 요즘은
저도 거기로 들어가요. 예, 근데 항상 그런 건
아니고. 갑자기 들어갈 수 있게 됐다가, 갑자기
쫓겨나기도 했다가. 들락날락. 도덕이요, 도덕.
문지기한테 물어보면 바꼈단 거예요. 최신 도덕을
따르는 줄 알았는데, 바뀌고, 또 어긋나게 되고.
그러다 제일 최근에 들은 건요. 제가 그 일을 맡게
될지도 모른대요. 그 일요. 예, 문지기 일. 도덕
앞에 서 있는 거. 할 순 있죠. 사람들이 맞다는 쪽에
서면 되니까. 누가 틀렸다고 하면? 숨어서
피해버리면 끝이지. 도덕 뒤로요. 그럼 안 다치죠.
왜냐면 내가 더 우월하니까. 맞는 건 맞는 거고,
틀린 건 틀린 거니까. 손절할 뿐이지. 이제 여기가
다 극장이에요. 여기는 이제 극장이라고요. 다
연기를 하고, 객석에 앉은 사람들끼리 서로서로
감시를 하고. 찍소리도 못 내게. 안 거슬리게.

「모두에 대한 모두의 연극. 모두의 연기와 모두의 감시.

사회 전체가 된 극장. 내용 없는 형식. 말 없는 목소리.

무대를 향해서가 아니라, 자기 자신을 위해서 치는 박수.

제각각 도덕 안에 숨어서.」

상담실 남자

안 보여? 저기 웃고 떠드는 가짜들? 다 갖다 붙여.

말도 안 되는 말, 문장도 안 되는 문장. 선택은

애초에 없는 거야. 그게 니가 할 수 있는 전부고,

해야 하는 전부니까.

배우B/작가

음악 커져가고, 조명 페이드아웃. 그리고

텍스트로 가득 차는 무대.

신인 극작가

그러나,

상담실 남자

'배우B/작가'의 말은,

배우B/작가

더 이상 무대 위에서,

신인 극작가

구현되지 않는다.

상담실 남자

이제 더 이상.

어느새 연도가 바뀌어 있다.
'배우B/작가'가 밀어서 잠금 해제,
애를 써봐도 계속해서 바뀌어댄다.
이젠 도대체 알 수 없게 된다.

(에필로그 혹은
프롤로그)

¶ 2040년~

「"동시대적이라는 것. 그게 뭘까. 무대에 서는 건 언제나
동시대와 마주하는 일이다 보니, 무엇이 동시대성인가
늘 고민했던 것 같습니다. 연기는 그 다음이었고요. 남은 생에
있어서도, 언제나 동시대인으로 관객을 만날 수 있다면
더 바랄 게 없겠습니다." 제18회 중앙연극상 특별상 수상자
배우 안필(47)의 수상소감은 한 편의 시적인 모노드라마였다.
이날 그의 감회는 남다를 수밖에 없었다. 제7회 중앙연극상
신인연기상을 수상하며 이름을 알린 뒤 10여 년 만에
다시 같은 시상대에 오르게 된 것이기 때문이다. 단상 앞에
선 그는 "또 이렇게 과분한 상을 주셔서 감사합니다.
상은 이제 그만 받아도 될 것 같아요. 상금만 받거나."라며
웃음을 터트리기도 했는데, 실제로 그는 더 이상 받을
상이 없을 만큼 상복 많은 배우다. 안필은 작품마다 평단과
대중의 지지를 고루 받아왔기도 하다. 20년간 스크린과
브라운관, 연극 무대를 오갔고 늘 소신 있는 발언으로
선한 영향력을 끼치며 주목받아왔다.」

배우B/작가

난 되게 이상한 시기에 작가가 된 거 같아. 사실
특별한 시기도 아니었어. 모든 시기가 다 이상한
시기니까. 선배들 죽이라고 등 떠밀고. 다 그랬지.
사람들이 다. 퀴어 작가가 나왔다니까, 다 그랬어.

그러면서 잘한다, 잘한다, 막 그러고. 지나고 보면
말이야. 난 안 속으려고 했거든? 근데 지금 보면 헷갈려.
그때 내 뜻대로 했던 건가, 아니면 사람들 바라는 대로
그저 그냥-

신인 극작가

신인 극작가.

배우B/작가

아니, 내가 뭔 얘길 하다 이거까지-

신인 극작가

퀴어 연극이요.

배우B/작가

그래. 그땐 다 따로 따로였지. 돈 되는 퀴어 연극 따로,
당사자가 하는 퀴어 연극 따로, 큰 극장 올라가고
상 받는 퀴어 연극 따로, 인정 받는 게 있고, 인정 못
받는 게 있고. 몰라, 난 그게 싫었어. 그냥 다 싫고
마음에 드는 게 하나도 없었어.

신인 극작가

뭐가요?

배우B/작가

그냥 다. 필요했겠지, 대신 손에 피 묻혀줄 사람.
난 아무튼 나한테 제일 절박한 걸 쓰려고 했어. 나한테
제일 절실한 뭔가. 그게 뭐든. 정말이야. 써보려고
했어. 핍진할 수 있을 때까지 핍진한 뭔가, 그런 거.
근데 난 내가 느끼고 생각하는 걸 쓰려고 했는데,
그게 정말 내가 느끼고 생각했던 것들일까? 그런 건
아닐까? 느껴야 하는 걸 느끼고, 생각해야 하는 걸
생각하고? 근데도 계속 불안하고 무서웠어. 이상하지?
그치 않아? 불안하고 무서운 건 나 혼자야. 나만
혼자였어. 내가 그러려고 그런 것도 아닌데 이 짓을
35년 했어. 35년. 대본만 41편. 망했지만 뮤지컬 2편,
오페라도 2편, 창극도 1편, 각색도 9편, 전시 2번.
그렇게 망해도 원고 청탁 계속 와. 아니, 퀴어 판소리가
뭐야. 나 판소리 알지도 못하는데. 뭘 자꾸 써 달래.
그러니까 싹 다 망했지. 그래도 연극을 25편 했거든,
35년 동안? 객석 텅텅 비어도 어쩌다 상 한 번 타면
재공연 겨우 올리고.

신인 극작가

저 다 봤어요.

배우B/작가

봤다고?

126

신인 극작가

읽은 것도 있고.

배우B/작가

내가 쓴 거?

신인 극작가

있으시잖아요, 4권짜리 단행본.

배우B/작가

희곡 전집? 보는 사람 있네. 안 팔린다던데.

신인 극작가

공연도 보고요, 올라간 건 다 봤어요. 거의 싹 다.

배우B/작가

싹 다? 그걸 다 봤다고?

신인 극작가

일부러 봤죠.

배우B/작가

어떻게 그렇지?

신인 극작가

싫으세요?

배우B/작가

아니, 난 놀라서, 다 봤다니까- 근데 왜 그걸 다 본 거야?

신인 극작가

다 봐야 욕을 하죠.

배우B/작가

(사이)

무슨 소리지?

신인 극작가

뭐래.

'신인 극작가' 킬킬대기 시작, 비웃음처럼.

배우B/작가

왜 웃어?

신인 극작가

(웃음을 멈추려)

아-

배우B/작가

근데 자네 누구지?

신인 극작가

욕하려면 다 보고 해야 되잖아요, 욕을.
보다 나오면 할 말 없으니까.

배우B/작가

그래서 다 봤다고?

신인 극작가

죽는 줄 알았어요. 분통이 터져서. 울화통이 터져요.
이런 게 작품이라고. 세금이 아까워서–

배우B/작가

자네 누구야, 대체?

신인 극작가

작가님.

배우B/작가

날 알아? 미안한데 모르겠어, 자네 누군지.

신인 극작가

저 신인입니다.

배우B/작가

누구?

신인 극작가

아뇨, 신인이라고요. 한국일보 등단잡니다, 이번에.

배우B/작가

신인?

신인 극작가

앞으로 잘 부탁드립-

　(멍하니 있자)

　선생님?

배우B/작가

미안, 미안해. 초면에 내가 중언부언-

신인 극작가

저, 극작가 선생님 맞으시죠?

배우B/작가

근데 얼굴이 눈에 익어서. 우리 본 적 있나?

신인 극작가

아뇨. 선생님은 당연히 절 모르시죠.

배우B/작가

당연히라니? 아니, 아니, 내가 괜히-

신인 극작가

/개구리셔서 그래요. 올챙이 시절 기억 못 한다고요.
그런데 어떻게 선생님이 절 아시겠어요?

배우B/작가

뭐 오해가 있는 거 같은데.

신인 극작가

오해요? 무슨 오해? 그런 거 없어요. 선생님이 선생님을
오해하는 거겠죠. 그냥 선생님은 이제 개구린 거에요.
선생님도 개구리고, 선생님 작품도 개구리고. 개구린 거
몰랐다고, 변명이나 하면서. 누가 봐도 개구린데.

배우B/작가

나한테 왜 이러나?

신인 극작가

니 입으로 말해봐. 퀴어 연극 왜 이 꼴 난 거 같아?

배우B/작가

왜 이래?

신인 극작가

너 때문이란 생각 안 해? 인물들 맨날 자기분열하고,
피해의식에, 망상만 하고.

배우B/작가

아니, 그건 내 탓이 아니고.

신인 극작가

다 늙어가지고. 후배들 생각도 좀 해야지.

배우B/작가

인물들 그런 건, 원래 작가란 게 평생 자기 얘기―

신인 극작가

/니가 퀴어 대표야? 누가 너 보고 그딴 거 하랬어?
했다고 쳐. 제대로 한 건 있어? 비판을 했어, 뭘 했어?
한 게 정치질밖에 더 있어?

배우B/작가

뭐 하잔 거야-

신인 극작가

/욕심만 많아서. 혼자 다 움켜쥐고. 그게 작품이야?
자의식만 꽉 찼는데?

배우B/작가

말 같지도 않은 소리 마!

신인 극작가

어이구, 덕분입니다. 덕분에 이 꼴 났네요.
남의 얘기 훔쳐 썼으면 잘 쓰기나 하든가.

배우B/작가

아.

신인 극작가

많이 해 먹었잖아. 이제 그만 좀 죽어주셔야겠어.
　　(당수를 치며)
　　정치적 올바름!

배우A/텍스트

'신인 극작가'의 당수치기.

조명이 되었든, 사운드가 되었든
무언가 끊어지는 듯한.

배우B/작가

스쳐가는 장면들. 의식 흐려져 가고,
놈은 사라지고, 이렇게….

배우A/텍스트

텍스트로 가득 차는 무대. 내용은 작가의
사후 평가 같은 거야.

하지만 뜨지 않는다,
그 어떤 텍스트도.

배우B/작가

여기까지가 진짜 내 이야기.

배우C/안필

거짓말 하나 안 보태고,

배우A/텍스트

진짜로 작가 본인 자전 서사.

배우B/작가

진짜로 끝.

배우C/안필

이걸로 막을 내리는 거지.

배우A/텍스트

하지만 막을 내리는 게 끝이 아니야.

배우B/작가

첫 문장부터 다시 써야 되거든.

배우C/안필

이 자서전의 가장 첫 장면부터,

배우A/텍스트

다시 새로운 자서전을,

배우B/작가

처음부터 다시.

점차 선명해지는 이명 현상.

극 중 세계는 균열을 시작한다.

배우C/안필

이 장면에서 작가는 뭔갈 봐.

배우A/텍스트

자서전의 흰 바탕,

배우B/작가

그 안에 뭔가 보이는 듯해.

배우C/안필

뭔가 이리 오는 거 같애.

배우A/텍스트

뭐가 들리는데?

배우B/작가

자서전의 흰 바탕.

배우C/안필

뭐지?

배우A/텍스트

열차다.

배우B/작가

열차가 도착하고 있어.

열차 다가오는 소리, 점점 커지고
경적이 울려 퍼진다.

배우C/안필

흰 바탕. 열차가 도착하기,

배우A/텍스트

시작한다.

배우B/작가

그것이 아름다움이건, 죽음이건,

배우C/안필

들어오는 열차를,

배우A/텍스트

인물들,

배우B/작가

모두 함께 본다.

배우C/안필

장엄하고 경이롭게,

배우A/텍스트

들어오는 열차를,

배우B/작가

인물들 모두 함께 본다.

배우C/안필

압도당하며.

「극장 벽을 뚫고 자욱한 증기를 뿜으며

마침내 열차가, 드디어 열차가」

그리고 화이트 아웃,
막.

배우A/텍스트

그 순간에도 삶은 지나간다.

배우B/작가

외롭고,

배우C/안필

웃기고,

배우A/텍스트

슬프고,

배우B/작가

이상하고,

배우C/안필

덧없이.

배우A/텍스트

열차와 함께.

배우B/작가

텍스트와 함께.

배우C/안필

열차와 함께.

배우A/텍스트

테스트와 함께.

배우B/작가

열차와 함께.

배우C/안필

텍스트와 함께.

주

〈2장〉

1   "I am a gay man right now, just without the physical act"라는 말로 논란이 된 앤드류 가필드의 당시 발언(2017년 7월) 참조.

2   이 장면에서 이탤릭체로 표기된 대사들은 김정화, 박종현 배우가 연습 도중 함께 만든 것이며 초연 당시에도 그대로 무대화되었다.

3   토니어워드 연극 부문 남우주연상(〈엔젤스 인 아메리카〉 '프라이어 월터' 역 앤드류 가필드) 수상소감(2018년 6월)에서 모티브를 얻음.

〈3장〉

4   장 주네, 『도둑 일기』, 박형섭 옮김, 민음사, 2008, 17쪽 차용 및 각색.

〈4장〉

5   프란츠 카프카의 「법 앞에서」에 대한 오마주.

이음 희곡선

이음희곡선

이홍도 자서전(나의 극작 인생)

ⓒ이홍도 2022

처음 펴낸날 2022년 2월 16일

지은이 이홍도

펴낸이 주일우
펴낸곳 이음
출판등록 제2005-000137호 (2005년 6월 27일)
주소 서울시 마포구 월드컵북로 1길 52 운복빌딩 3층
전화 02-3141-6126 팩스 02-6455-4207
전자우편 editor@eumbooks.com
홈페이지 www.eumbooks.com
페이스북 @eum.publisher 인스타그램 @eumbooks

편집 강지웅
아트디렉션 박연주 디자인 권소연
마케팅 이준희·추성욱

ISBN 979-11-90944-60-1 04810
ISBN 978-89-93166-69-9 (세트)

값 11,000원